苜蓿花开

李虹 著

天津出版传媒集团
百花文艺出版社

图书在版编目（CIP）数据

苜蓿花开 / 李虹著. -- 天津 ：百花文艺出版社，2024.10

ISBN 978-7-5306-8834-2

Ⅰ. ①苜… Ⅱ. ①李… Ⅲ. ①诗集-中国-当代 Ⅳ. ①I227

中国国家版本馆 CIP 数据核字（2024）第 087924 号

苜蓿花开

MUXU HUAKAI

李虹 著

出 版 人：薛印胜

选题策划：胡晓童 **责任编辑：**胡晓童

装帧设计：书香力扬

出版发行：百花文艺出版社

地址：天津市和平区西康路 35 号 **邮编：**300051

电话传真：+86-22-23332651（发行部）

+86-22-23332656（总编室）

+86-22-23332478（邮购部）

网址：http://www.baihuawenyi.com

印刷：四川科德彩色数码科技有限公司

开本：880 毫米×1230 毫米 1/32

字数：80 千字

印张：7.625

版次：2025 年 1 月第 1 版

印次：2025 年 1 月第 1 次印刷

定价：50.00 元

如有印装质量问题，请与成都兴怡包装装潢有限公司联系调换

地址：成都市金牛区西华街道付家碾村 6 组 152 号

电话：（028）86965207 邮编：610037

在诗的另一边，不仅仅只有诗

周　钢

认识李虹，应该是2019年的事了。我们的相识源于诗，因为我们在同一个群里。那时的她给我的初期印象，就是一个好打抱不平的女汉子，她时常给我留下相当鲜明的疾恶如仇的感觉，虽然我们从未在现实中相见。每个人都有一个群昵称，我喜欢喊她小卡卡，一是因为年龄差距，一是为了简化“卡布基诺”的称谓，一是为了方便我在键盘上敲出这三个字，这样还可以让我随时感到她铿锵的一面。

只是于诗而言，往往会因为她的工作繁忙，我们之间缺少广泛的针对诗歌的交流。但正因为如此，兴许才给我们彼此间的友谊保留了一个非常诗意的空间。于我而言，这是非常难得的一种状态，可以让我在相对明净的空间，去阅读她诗意一般的生命。

是的，她的诗，一如她的性格，有着非常鲜艳明快的生命线条。她是个不懂隐藏自己内心想法的女人，喜欢直抒胸臆，喜欢醉心于自己的情感中，对往事，对生活，对人，表达出来的简洁、通达的生命诗意信息。譬如在《客居》一诗中，就有着这样简洁的诗意抵达：“她的恬静，是山的轮廓/她的宁静，是海的诱惑”。面对如此恬静的她和宁静的她，我更愿意把她归纳到“山”的意义中去，这可能更适合，她在我心底的那种“女汉子”的感觉。

她是一个依凭情绪去写诗的女子，也是一个依凭女人的直觉去写诗的女子。所以，她的语言不会去使用一些投机取巧的手法，不会用一些繁复的指代关系，去隐喻她内心对日常生活的纯澈感受，而这，是不是就意味着，她这样去写诗，就是对诗的一种冒犯与不恭呢？我想这只是她的诗带给我们的一种错觉。其实，她是一个对日常生活有着清晰自我认知的女子，在《进化》这首诗中，我们就可以感受到，她对日常生活当下性的，一种非常纯净的诗性介入姿态：

他们在讨论直立行走的里程碑
他们在讨论语言和文字的时代

他们在研究各种波
各种粒子各种哭泣声
可惜，阿基米德的杠杆
始终没有撬起地球

我很想穿墙而出
我只羡慕天空的辽阔

诗在前面的直抒胸臆，是不是就影响了，她对生命意义的自我认知呢？我想应该不是的，在这首诗的结束时，她是这样写的：

“可我不是

他们认为的天使

我不过，只是一个鸟人！”

无论她是不是天使，读者又怎么可能因此轻易地，并且草率地，把她归纳到“鸟人”这个范畴中去呢？至少我是不会的。这只是她面对日常生活的一个态度，一种清醒的自我觉悟姿态。

是诗本身针对诗而来的，一次内在心灵的相互碰撞过程，就如同——“在诗的另一边，不仅仅只有诗”一样。在诗的另一边，是我们的日常生活和自我意义针对我们的日常内心，早就天然而在的诗性一般的辽远精神视界。

自 序

李 虹

又一个春天来临。目光所及，万物复苏，处处透着生机和希望。

人间四月天，隆冬的凌厉霸道早已远去，春季的曼妙腰身正在舒展。天空呈现仿佛洗涤过的清亮碧蓝，风携着泥土和草木气息，薄薄的轻寒中略带潮湿的暖意。田野里大片大片的绿色冲击着视线，是一片灵动养眼、生机勃勃的画卷。阳光透过明净的空气铺洒在大地上，一派欣欣向荣的景象。

很羡慕春天生长的一切植物，它们蓬勃、热烈，尽情表达自己对阳光、雨水的渴望，从不遮遮掩掩。

而在这片广袤的土地上，苜蓿成为了四月的主角。

春光明媚，田野中的苜蓿肆意生长，一望无垠，如同大地上的绿色海洋，涌动着生命与希望的力量。它们迎着阳光，一大片翠绿中点缀粉紫的花朵，仿佛繁星点点，又仿佛大地的眼睛，在风中闪耀。途经之处，仿佛都能闻到一阵清新而浅淡的芬芳，仿佛能听到苜蓿们欢快的吟唱。在四月的田野中，苜蓿给人带来莫名的灵感和无尽的想象。

苜蓿花的花语是幸运、幸福、希望。苜蓿也被叫作幸运草，是幸运的象征，是可以带来幸运的吉祥物。据说，在一大片苜蓿花中找到拥有四片叶子的苜蓿草，代表着幸运到来，从此会生活幸福、美满。

苜蓿花在人们口中更多地被叫作“紫云英”，人们喜欢苜蓿的花朵像繁星一般在辽阔的田野里灿烂。她们自然是美丽的，但我似乎更喜欢她们作为草本的样子，那么张扬地铺张开来，丝毫不因为自己的低矮和卑微。

这让我想到自己：悄无声息地来到尘世，然后跌跌撞撞长大，接着又不声不响地活着……

我感觉自己像极了苜蓿——这样一种田边地角随处疯长的花草，不需要特别的宠爱，只需要基本的存活条件，然后便可自由生长。

一个平凡人对于生活的基本要求，无非果腹、安居、康健、快乐。我也从不奢望太多。从小到大，我渴望开阔的生活空间，可以毫无压力地呼吸；我渴望和谐的工作环境，可以不用应付复杂的人际；我渴望安安静静地存在，做简单而纯粹的自己。

行走于烟火人间，目睹离合悲欢，体会世态冷暖。然而，我对美好事物的渴望从未消停，我一路缓步行走，一路注视前方，但从未迷失方向。停驻歇息时，我喜欢安静读书、埋首笔耕。文字无声，但它们是立体的。它们有温度、有力量，它们代替我欢笑、恸哭、愤怒、悲伤……它们能传达千百种思想与情感，它们能抵达我们意想不到的高度和深度。

前一本诗集《彼岸花开》出版于2021年，是《草堂》杂志的从书诗集之一，它收录了我生活的琐碎、心情的点滴、身边小人物的生活、社会上的所见所闻所感……

这一本诗集《苜蓿花开》，一样记录了平凡日子、烟火人间、百味生活。

他们说我的文字是朴素的、真实的、直接的，没有矫揉造作，没有伪饰浮夸，如同我的性格。如果“专家”们用严格的标准对我的分行进行评判，我会羞愧难当。毕竟，文字于我，是用来叙述事实，是用来表达情感，是用来疗愈内心的，我从未想过借助它求功得利扬名。恰似这春天繁盛、疯长的苜蓿，虽则卑微，却顽强活着！她们只为绽放生命，却从不奢望霸占春色！

目录

CONTENTS

第二部分　生命里的苦辣酸甜（抒情篇）

第一部分

行走中的不期而遇（叙事篇）

MU XU HUA KAI

小　棠

永夜是一个未出生的孩子
失去永夜的小棠不再写诗

她在院子里种植彼岸花
她在树下悬挂秋千架
她开始编织一件又一件毛衣
她收养了一只只流浪猫狗

她把毛衣寄给福利院的孤儿
她安静坐着看猫狗玩耍
当风蹭着她“喵喵”“汪汪”的时候
她觉得它们都在喊“妈妈”

晴朗的夜晚，她会看着天空
寻找一颗对她笑的星星

（2022. 10. 03）

钉子户

某个冷寂秋夜
一个人走过街巷
风卷落叶
路灯昏黄
流浪的猫狗蹲在垃圾堆上

经过街角那家店
我依然会停下脚步
买一碗小馄饨

那个自我记事起
就在的老妪
告诉我

“我的丫头小时最爱吃它
可惜六岁夭折了，如果还在
应该有你这般大”

一边说
一边看着我吃

在这个已经拆迁的地方
她是唯一的钉子户
她怕，她的丫头
找不到，回家的路——

（2022. 11. 17）

他

林刚对领导说“好的”
林刚对家人说“好的”
林刚对同事和朋友说“好的”

林刚对每一个
熟悉的陌生的人
——都说“好的”

他每天沿着固定的路线上班
踩着同样的钟点离开单位
点菜时，他说“随便，我都行”
别人倒酒，他喝不下
还是往下死灌

混在人海里
我根本找不见
那个叫林刚的男人

（2022. 06. 07）

急性子

等待绿灯亮时
我在阅读一篇文章
红灯转为黄灯又变色
沉浸其中，我并不知晓
身后刺耳的喇叭声响起

一张胡子拉碴的脸
一件油漆斑斓的工作服
我冲他笑了一笑
他愣了一愣

已经从我身侧绕行
唉，急性子的人哪

转角处
一个手足无措的老太太
脚下散落一地的果子

途经的驱车者停下

把果子捡入竹篮

如同捡起红灯下的斑斓油漆

（2020. 09. 04）

镜子的背面

你问阳台的绿植
是否每天浇水

又问那只仓鼠
长胖了没

最后你说：挂了吧
听着电话的嘟嘟声

唯独我
在镜子的背面

（2020. 09. 12）

溺水实验

河水涨到颈部时
我依然从容迈着脚步渡河
两岸，围观的人群静默
他们伸长脖子
或期待，或焦虑，或兴奋
但他们一律站在那里
队列整齐
我假装不会游泳
我残忍而清醒地看着他们
不知道谁会扔下一个救生圈
或者，向我伸过一根竹竿
我痛快地看着他们多彩的表情
听着他们同情地嚷嚷“快！去救她”
然后，继续看他们围观我
站在岸上，一动不动
我将自己沉入水中
又泅渡到远处，伸头观望

人群开始骚动
他们仿佛在寻找淹没的那个人
水面平静，良久没有波澜
众人嘟嘟囔囔，渐渐散去
仿佛这里，不曾发生过
任何事情

（2022.11.05）

入宴记

迟到致歉，入席
一桌陌生面孔，极其有趣——

某人
把酒杯斟满，一饮而尽
某人声音洪亮，仰起胖脸
某人亮着高分贝的嗓音聊天

此刻，酒杯深深浅浅
我手中 100 度的“白酒”
有着漂亮的酒中弧线

（2020. 10. 04）

时光的渡口

如今，在秋天的林子里
我看到生命中不同的颜色

当年我做的柳哨
此刻慵懒地与途经的风应和
她在墙上，淡然看着日驹
在天际不停奔跑

关于生活
更多时候，我不得不
听从时光做主

（2020. 10. 07）

嘴角有粒米饭

在一千个人里
你一眼就会找出你的小常

他的衣服永远干净整齐
他的室内东西各归其位
他不与不同的人交往

他的表情精准
拿捏着词语。他的父母
笑容满面又挑剔。媒人
约来的对象

气氛愉悦呢
餐厅宽敞呢
音乐舒缓呢
大家畅聊呢

他们的小常
一直盯着我的嘴，表情
有点局促不安

尽管相亲融洽
我只告诉你一件事
我的嘴角有粒米饭

（2020. 10. 15）

领　奖

闹钟响了，娃依然未起
直接进卧室揪她

“哎呀，我的亲娘！”
她尖叫着
“我梦见你得了冠军！”
然后呢，我问
“正看你领奖，被你弄醒！”

这是真的梦境
还是小蹄子的阴谋诡计

（2020. 11. 07）

灌　溉

一个男人
庄严地手指烈日
对准树周半枯的花草
在酝酿

四下无声——

甘霖
终于抵达浇灌器
他谨慎地移动它
均匀洒水

四下依然无声——

“我认识他！
是个傻子！”人群
唏嘘散开

仿若耳聋

他小心控制着身上的水流

还在一点一点认真灌溉

（2020. 10. 18）

贯　穿

在“纯真年代”
我们谈起女人，谈起婚姻
但始终没有触及爱情

当话题延伸
那壶茶水，续了喝
喝了续，仿佛
永远不会枯竭

多年以后
从民政局出来，她
走向东边，我走向西边

回想那晚的灯光
如同醉汉之眼，摇晃着时空

（2020. 10. 29）

缘　分

窗外一场雨
正在悄悄地酝酿

某男说：你长得像我一个故人
某女笑问：真的吗
某男点点头：我们相遇是缘分

她点了一杯奶茶，静静在喝
他要了一杯咖啡，淡淡在品

天气预报，下午三点
热带风暴“巴威”说好了
要去席卷他们的台州外海……

一个男人的故事
一个女人的故事

中间的情节是什么
最后的结局又是什么
就交给台风“巴威”去猜……

（2020. 09. 29）

奶奶的月饼

1

八月十五，奶奶
摘下一片月光掺进面里
揉到韧性十足

揉到，月光慢慢
摊平奶奶的情绪

这天，奶奶
每揪一个面剂子
都会让月光疼一下

2

八月十六，爷爷遗像前
供品台子上的月饼
被咬掉了半个

另一个时空里，有个老人
乐呵呵地一边咀嚼一边唠叨
“老太婆，就是这个味”

3

今年中秋，陵园里
爷爷在左，奶奶在右
生前，他们也是右手牵左手

不知道两个世界，是否共享
同一个月亮
而我确信，无论哪一家月饼
都品尝不出月光的味道

（2022. 08. 25）

厚 薄

谈起经历的厚薄
聊起空气的甜苦咸涩
我们是不是有着各自的体验
恰如此刻你喝着咖啡

更多时候
我选择白开水
那种干净澄澈
那种寡淡，仿佛能消减
味蕾的欲望

那种从沸腾
到温润到清凉的变化
仿佛能抚平时光的皱褶

在告别时
你的高跟鞋会把门外的

鹅卵石小道都硌疼了。那一刻
我是多么心疼我的
软底布鞋

（2020. 11. 16）

虚　像

他在垃圾场上翻拣
他喝公厕水龙头下流出来的水
他睡在废弃集装箱的铁盒内
他用咸得发涩的腌菜帮子下饭

他的儿子在吃大米饭
他的儿子在灯下做作业
他的儿子上完了初中上高中
高中毕业了又考入大学

他仍在大街上
捡拾他的瓶瓶罐罐

（2020. 11. 21）

打翻的调色盘

那个男人每天在网上飘荡
他和不同的女人聊天
更换不同的网名

深夜十二点
我的微信弹出一条验证消息
跳出一个“寂寞如我”的身影

紧跟着，还是他
一个自诩为“温柔绅士”的异性
摇晃着暗夜的黑森林

我关掉提示音
继续翻看新闻

这个世界像我

失手打翻的调色盘

（2020. 11. 22）

看　聊

隆冬朔月，看群聊
有人谈论股票走势
有人吟唱自己的诗词歌赋
有人探寻乡野与街巷的美食
有人昭告天下他在某某城市又置新屋

今天的群空间
爱恨情仇如雨如瀑

谁的宠物猫
在房内悠闲踱着 T 台步
或窝在沙发里慵懒看电视
渴了喝水，饿了吃猫粮

直到，猫在
看聊中，呼呼大睡

（2020. 11. 29）

如是说

再给我一点时间
我会给你想要的生活
十年前，你如是说

再给我一点时间
让我忙过这一阵
然后，我们一起去旅行
五年前，你如是说

生活就像一杯白开水
不喝又会渴
其实一切，习惯了就好
现在，你如是说

十年前
我站在海边
眺望着远处的帆影

五年前
我坐在我的花园
看蝴蝶翩跹。如今
我只安于我的
柴米油盐

（2020. 12. 03）

相生相克

比如拥抱
比如力的作用
比如木头燃烧了自己，温暖着一切
比如母亲的乳房逐渐干瘪

而你，如喝足了水的禾苗
一天一天在拔高

某年冬天，只有冰柱
尖利地划破我的肌肤
当它在阳光下慢慢化为无形之水
如我，在汹涌的潮水中自在沉浮

却最终溺毙在女儿
那两汪浅浅的水潭下

（2020. 12. 03）

一个和另一个

年过不惑
求爱的表达不再激烈
也和浪漫无关

他说：看你单身
我也一个人
凑一块过吧

她再无少女的羞涩
闻言也没有心跳耳热
只是平静回答：先磨合

（2020. 12. 07）

嗡嗡嗡

一片黑压压的脑袋
人手一张同样的纸
台上，一张嘴在宣讲内容

台下的人低着头
他们每一个字都认识
每一句话也都听得懂

台上的人一直在读
台下的人一直坐着
严肃，又安静

只有一只苍蝇
在空间里往复盘旋
嗡嗡嗡，嗡嗡嗡

（2020. 12. 08）

出　逃

年届 56 岁的苏敏，是
妻子，母亲，奶奶，姥姥
她做了一回出逃的——娜拉
成就了几十年来梦想的自己

再没有忙不完的家务
再没有丈夫的冷嘲热讽
她任由山川河流治愈前半生的压抑
她任由日晒风吹雨淋重塑后半生
中国的娜拉驾着破旧的“床车”
用脚步丈量自由

一直在循规蹈矩的
你们我们他们。此刻
有没有想过
越出雷池

哪怕
半步

（2020. 12. 08）

如 归

在温州洞头，我不是作客
是如归

“猫耳朵”
与温岭石塘山粉圆
有孪生嫌疑

凉拌海藻，牡蛎煎
蒸肉圆，紫菜圆，姜汁桂圆荔枝烧蛋

每一道菜
每一道汤
每一道点心
它们长相和性情惊人相似
它们惊醒家乡熟悉的味蕾

这里的海天与温岭石塘一体

这里的潮音仿佛乡音重放在跌宕

在温州洞头
我在观照另一个自己

（2020. 12. 13）

伤

抑或分别是喜悦
或是记忆中的遗憾

这一生，一个人
可能经历诸多疼痛

比如那个
失去爱子的母亲
坐在家门口，等着她儿子
放学归来

她从 28 岁
一直守到年过不惑
手里始终拿着一串只剩竹签的
糖葫芦

（2021. 03. 02）

平安夜

很久以前的某个平安夜
一个苹果脸的小女孩打来电话
她一边说一边哭，不停倾诉爱和思念
泪水淌过很远的路

后来，小女孩长成了大姑娘
还是会在 12 月 24 日夜晚和我通话
笑声铃铛般在我耳边回荡
话语豆子般在我眼前蹦蹦跳跳

在我眼前反复重现的
那张苹果脸交叠，重合，旋转

如今，她已拥有自己的家庭
用微信发来一个红红的苹果
上面印着大大的 love
为我唱了一首 *Merry Christmas*

如同当年
在课堂上一样清脆动听

哦，我们的平安夜
似乎每一年，都没有变

（2020. 12. 24）

从零开始

女儿刷着抖音
笑得畅快淋漓
安静看着她澎湃的活力

我喝红茶
她喝最火爆的冰饮
我口味清淡
看她满头大汗
吃着麻辣食品

此刻，阳光温暖
女儿踩着溜冰鞋
旋风一般划着弧度过去

（2021. 02. 14）

在丽江

那一年，我十九岁
牛仔裤的蓝和天空一个颜色，白衬衫
如同水洗的明净天空
一顶蒲草帽，一个帆布包
就这样在丽江古城晃荡
旅游鞋里，脚掌感受着
石块路面的按摩，痒痒的舒坦
两侧，小酒馆幡旗招展
咖啡香味从店里飘出来
小铺子里的挂件不失时机地
逮住我惊艳的目光

突然，就想在丽江留下来
那一年，我才十九岁

（2021. 02. 27）

心理咨询

女人半个屁股坐在凳子上
她不肯登记身份信息
也不肯摘下口罩
她嗫嚅着，言辞断断续续

她和她丈夫的故事
简单平常。她捧着瓷杯
眼眶空蒙

她每天起早摸黑
在厨房里忙碌
在洗衣房里浆洗
她把阳台上的衣物收回熨烫
她从来不知道拾掇自己

一张脸
从春桃变为秋荷

体型从小 S 变成大 H

他的目光几乎从不曾在她身上停留
他在通电话，在看报纸，在刷手机

一壶茶，从热到冷
自始至终，保持着一个姿势

（2021. 03. 01）

重　叠

你读过的那所小学
我曾时常在操场上玩耍

在你捉过青蛙的小河
我曾多次坐在岸边
看船只穿梭往来

甚至，在你喜欢去买橄榄的小店
我也曾买过同样的零嘴
那种味道酸涩回甘，历经绵绵岁月

哦，还有某一年的作文比赛
我清晰记得我在底楼教室
你问我是不是，从头或尾
数到正中的那间

你说你当时坐在第二排

你说你是那个一起捕竹蜂的小伙伴
你说你和我一起狂奔过石铺的长街
你说你小时候也在那个小镇待过

那个
我称为“故乡”的故乡
却恍惚与记忆中
某个小孩重叠

（2021. 03. 03）

不 再

不再互道晚安
下雨时也习惯了自己打伞

某一日，看见那个老人拄着拐杖
独自蹒跚着走过幽暗长街
之前搀扶他的老伴
已在几天前告别世界

一个人离去
拐杖代替了那只手掌

地球依然旋转，甚至
都没有为谁慢下半拍

（2021.03.07）

告　别

元宝
一个单纯的女孩
一个喜欢捉迷藏的女孩

请不要躲起来
如果你只想和我们开一个玩笑
就请，不要离我们太远

你的忘情舞蹈
不要去握紧水的秘密
我们不要你咯咯咯的欢笑
阻挡春天的哭泣

在你最后的生命哀歌里
你的酒，如果是天空为你松开的泪水
就不要笑着告诉我们，那里的春天
有你想要的辽阔和白云

三叔说，元宝

我们都在等你

不要贪玩，早点回来

（2021.03.08）

羡　慕

无数次，我想举刀
很庆幸这是发生在梦里的梦

现实中，你像个君子
仿佛连微笑都拿捏得恰到好处
这时候
我羡慕瞎子

你说话的时候
我羡慕聋子

（2021. 04. 08）

无数个灵魂在别处孤独

“谁陪唠两毛钱的嗑”
空中直播结束，她在朋友圈
发了这样一条消息

除了微笑
就是认真倾听

没有人问她有没有快乐
没有人关心她在做什么

她记录的每一个案例
仿佛风雨，在岁月中波澜不惊

如同一个人的深夜
无数个灵魂在别处孤独

（2021. 04. 16）

一根白发

谈起江一郎写给妻子的一首诗
那里有一根白发瞬间击中诗的心

在夜深之时
《我本孤傲之人》小心翼翼地
在他妻子面前，掩饰她的老去

这“秋日的午后，他白发中的妻子”
异常安静而温和，我会猜测
这是江一郎集子中哪一首

只是我头上的
一根白发，不知道
谁会将它拔下。并且假装
是他不小心扯断的一丝黑发

（2021. 05. 10）

尽孝之道

西米学会了尽孝
母亲节，她为母亲亲自下厨
烛光，沙拉，牛排，橙汁
晒完朋友圈，被圈里男女老少羡慕的妈妈
给西米发了大大的红包

520，她给父亲母亲制作了卡片
写下催人热泪的言辞
感动的父亲往她账户上汇了1314元
自豪的母亲给她转了人民币520

大学毕业后的西米
一直待业在家
她搜集所有可能存在的节日
无论东方，西方的
还是来自南方或者北方的
她都精心设计着祝福的话语

（2021.05.20）

时光慈悲

——读克莱尔的小说《爱在高高的草丛》

医生身后是一座高高的草丛
草丛之上，小心供奉着
雌鸟和她的雏子

医生每天按部就班
医生预感自己可能会被治愈
医生打开窗户——

穿着绿色裙子的科迪莉亚
穿过大片会跳舞唱歌的芦苇丛
喜欢巧克力的医生吃着科迪莉亚的橘子

医生尝到了生活之外的酸甜
科迪莉亚咯咯咯的笑声极具穿透力

医生在诊所里闻到了一种

与鸟巢之外不一样的气息
他开始和科迪莉亚聊天
科迪莉亚在慢慢去除他的病痛

这危险信号让医生的妻子焦虑
她发现了他藏起来的
那一绺金发
科迪莉亚的金发，以及
科迪莉亚的信件

医生回归古板
他再一次关闭窗户

十年后，雏鸟长成高飞
在约定的日子和约定的地点
科迪莉亚见到前来赴约的医生妻子
（妻子偷看了医生记录的约定）
尔后，医生来了
沙滩上的三个人，谁也没有说话
他们在等待
其中一个离开

（2021. 06. 11）

伤　痕

——致一位师长

在梅溪看山听水
想起一个人

他络腮胡的形状
仿若此刻雨后的瀑布
他的幽默，恰如春笋

只是，在梅溪流经的石崖边
一棵上了年纪的枫树
依稀刻着一个人的名字
大树的生长纹理，安静绕开
她纤细的字体

如同梅溪的印记
深深烙进你生命的年轮

（2022. 03. 31）

红领巾

当小溪流过尖锐的石子
溪水是在提醒我，赤脚奔跑的
孩子已经远去

小人书带来的狂喜
被五颜六色的光影淹没
在我追逐的水沟里
泥鳅和鱼虾四散而逃

当零点逼近五十
时间轴线仍在不断快速延展
如今，我宽宽的指缝
为什么就留不住，任何饱满的水滴

（2022. 06. 01）

一只空碗

她丰盈的时候他抱着她
她用热烈填满他腹中的空虚

直到下一次需要
直到她被弃于一旁

而自始至终，他所在意的
不过是要她腾空自己

（2022. 06. 02）

母女之间

1

昨天午餐时，
丫头说天太热，
教室还没开空调。

然后说有个同学带了
一个脖挂式电风扇。我想她
应该是变相表示想购买一个。

我问：那个同学戴起来江老师允许吗？
她说：要不你问问江老师可不可以买？

晚餐时，她郑重其事地跟我说：
那个脖挂式电风扇不要买了，
如果你问了，江老师又不好意思说不能，
以后同学一个个都戴起来，
江老师会很为难。

我心想：这丫头学会
换位思考，也学会替人考虑了。

2

今天午饭时，
丫头说：你下次记得带防晒霜给我。
太阳太大，体育课会很晒。

我说：好。
她或许看我没多大反应，就补了一句：
下午第一节体育课。
我问：要我中午回家拿吗？

她说：可以下次带。
当然，如果有时间的话，
中午更好！

我笑了笑，
这娃话语情商高起来了。

（2022. 06. 07）

如此甚好

我在老家枇杷树下
读微信刷视频
落叶纷飞
我家小狗正咬着一块
隔夜的骨头

我就做华威先生
偶尔装酷
附庸附庸风雅
喝酒，扯淡，吆喝

做一匹灵魂的野马
如此甚好

附注：“卡布基诺”与“灵魂的野马”聊天，撷取对话，略做修改、整理。

（2022. 08. 02）

孪　生

“你有没有孪生姐妹？”
晚餐时，一位年长的服务员问我
我不禁莞尔，摇摇头

“笑起来也很像！”她惊呼
“她是一个好老师！”
“儿子说她对学生很温和！”
“可惜调走了，好多年没见！”
哦，我继续耐心倾听——

“你是做什么的？”
我说我也是一名教师
“你姓什么，老师？”
姓李，我浅浅笑着
…………

我开始相信面相之说

开始相信兜兜转转的缘分

（2020. 09. 14）

人兽有别

被一只狗咬了
我本能地想反击
但我不能去咬这只狗
除了接种狂犬疫苗
我什么也做不了
即便我想讲道理
狗也听不懂人话
这种从天而降的伤害
只能自己默默承受
并等待创口慢慢愈合

但是往后，我会告诫自己
远离这条狗
毕竟
人兽有别

（2022. 11. 09）

黑　洞

太阳即将燃烧殆尽
冰雪即将覆盖大地
河流即将枯竭。万物
即将停止繁衍

所有即将
熄灭的预见
都在一一应验

当潘多拉魔盒
打开之时，一切未知
会在四维空间轮转

只是天空之镜
照出谁的身影，彼岸花
又捧在谁的手心

时间简史里的量子啊
如幽灵般忽明忽暗
我们拉开一张张弯弓
箭头仿佛永远指向
遥远的黑洞

（2022. 11. 10）

分　配

分到蛋糕的人
一边唱赞歌
一边举着刀叉跳舞

我面前是一只空盘
上面有一只苍蝇
正撅着屁股弹琵琶

（2023. 02. 18）

春　寒

你我坐在岔口
讨论春寒，言辞之间毫无关联
其间，鸟鸣往来穿梭
活跃气氛

沉默
逐渐冷却了
时间的温度

我们的表情生硬
就像再结实的鞋子
终会被沙石磨损
就像长路漫漫
同行者也会不断更换
当然，每一处风景
都必将值得停留

只有我们的脚步
从来都是言不由衷

（2023. 03. 12）

深夜的小酒馆

加冰的冒泡扎啤入口清冽
烧烤架上，滋滋响声伴着烟雾袅袅
辣子孜然花椒的香味瞬间激活味蕾

现在，解剖生蚝的刀子
设计得巧妙非常。它短小仁厚，不伤根本
打开后的贝肉饱满，汁水丰盈

此刻，世界
陷入混沌，小酒馆
总在深夜醒来

台上，姑娘的嗓音
有中年汉子的沧桑
一首“多想在平庸的生活拥抱你”
像加了冰的冒泡

如同我们在黑夜
寻找的另一个栖息地
试图孕育的另一个自我

（2023. 04. 30）

保质期

你重新找到我的时候
你我已经分开十九年

你浓密的头发成了地中海
脸部与下颌失去清晰的棱角
衣服下胀起了啤酒肚
如同大多数油腻的中年

我们相对而坐
你开始叙旧，如此急切
我惊讶于你的记忆力
因为你挑选的每一个细节
都妥妥击中我的心

十九年，水在
一秒一秒滴下来
足以把磐石击穿

十九年
一颗柔软的心
或许可能变得更坚硬

我知道，时间从来都很残忍
唯独食品和用具，才会存在保质期

（2023. 05. 03）

爱 情

它是蜜糖
会带给你愉悦
但它也会导致蛀牙
并且，发作时
十分要命

（2023.05.05）

第二部分

生命里的苦辣酸甜（抒情篇）

MU XU HUA KAI

遇　见

读完一个女诗人的故事
她的人间在我面前摇晃着塌陷

我庆幸她逃离婚姻束缚
如同我为自己的出逃，流下
忍不住的泪水……

之后，我们又为彼此
获得重生而欣喜若狂

我想治愈过去
我想缝合所有心口的裂痕
我想把扎在肉里的刺一根一根拔去

仿佛我们压抑许久的生活
“一定会遇见最好的山水，最好的人”

（2022. 03. 10）

你在的地方就是余生

赶路的人一身疲惫
从日落走到天明
寻找传说中那颗最亮的星

河水汹涌
太多看不清的颜色
从未带来想要的消息

天辽地阔
“你在的地方
就是我的余生！”

（2022. 02. 09）

愿时光慈悲

多米诺骨牌倒下的时候
我听见自己的骨骼咔咔作响

我在曙光微启时出门
我在夜色阑珊中拖着脚步归来
我在气味混杂的闹市穿行

我被人潮推向远方
又被思绪一次次带回从前
那里 30 年前，祖父长埋于耕作过的土地
那里 15 年前，祖母在祖宅一睡不醒

看着镜子里的自己
我愿岁月温柔，愿时光慈悲

（2022. 03. 10）

神兽归来

神兽们
欢——迎——归——来

敞开大门
只需摘下口罩刷脸

哦，这是你们的领地
加盖印章是一贯的规矩

校园的宁静被各种声音震破
日光也被你们的跑跳腾挪摇碎
当你们从我面前一闪而过
我只瞧见风一般的背影

好吧，接下来
请准备好各种武器
迎接我的一百零八式太极拳

（2020. 09. 01）

矛　盾

他右手执矛，左手举盾
买卖做了三千年

我也买了一套矛和盾
别人进攻时，我举盾防御
危险迫近时，我执矛自卫

至今想不明白
为什么那个顾客非要卖家
自相矛盾
仿佛唯有两败俱伤
才是最佳结局

（2020. 09. 03）

灵魂摆渡

崔斯坦，等等我
我的肉体渐渐失去温度
穿越荒原，脚步愈来愈沉重

烛火摇晃
我看见火车极速冲破夜色
我听见铁轨与车厢刺耳的摩擦
侧翻的巨大轰隆声
女人与孩子恐惧的尖叫
黑暗里，我触摸到
黏稠的不明液体在地板上流淌

崔斯坦，快点好吗
请赶在我闭上眼睛之前到达
不要等到我疼痛消失
请一节一节车厢寻找
你看到我了吗

风起了
空气中，我一次比一次轻盈
彼岸，阳光的金色，花的炫目，叶的绿
它们那么令人欢喜

哦，不要让我飞走
崔斯坦，那是你的手吗

“是的，迪伦，我来了！”

（2020. 09. 18）

客　居

听说海的那边是山
听闻山的那边，你的船
在穿过海的漩涡

她的恬静，是山的轮廓
她的宁静，是海的诱惑

席间，你我的
笑声如同细碎的星星
如同杯中陈酿，如同一盘海鲜

所有分隔的思念
所有童年的记忆
所有青年的快乐
所有中年的落寞

是月在中秋

一片片吞下的
金黄自我

（2020. 10. 03）

秋天第一杯奶茶

说好的等你来，我却
偷喝了半杯。哦，亲爱
我的天空，是半个熟透的秋天

柿子还挂在枝头
泛红的脸，如同你的羞涩
雏菊迎着朝阳，晶亮的露水是你
那眼底的波光点点
像极你水滑的长长秀发
还有湖岸吐穗的芦苇
挠得人心头痒痒

而你的影子
正在入心

（2020. 10. 05）

彼　时

不知凉意缘何而来
我下意识拥紧自己

衡阳的过客，是否
安然抵达南方湿地

那在不经意间丢失的来信
谁的目光灼灼。正在温暖
我的
整个秋冬

（2020. 10. 12）

秋　刀

在收割完稻谷之后
秋天开始收割我

青草逐渐荒芜
红苹果的两颊，在冷风里
失去颜色
…………

我将进入漫长的冬眠
期待。梦在春天的枝头复苏

（2020.10.14）

感　应

午夜
仿佛有个声音
穿透重叠的山山水水
抵达我的梦境

在彩云之南
我的母亲应在酣睡

或许此刻
她也在她的梦里
听到我的呼唤

（2020. 10. 20）

抉　择

一头驴饿死了
面前，是两堆干草

芝麻
芝麻
芝麻
开门吧……

我站在十字路口
拿着你给我画的饼
望着远处那棵梅

某个声音
在蛊惑我向左
我的双脚
却在固执地向右

（2020. 10. 20）

进　化

达尔文的昆虫是严肃的
马克·布莱恩穿着高跟鞋是酷酷的
埃里卡·西蒙裸奔拍摄了
六年裸生的时尚

他们在讨论直立行走的里程碑
他们在讨论语言和文字的时代

他们在研究各种波
各种粒子各种哭泣声
可惜，阿基米德的杠杆
始终没有撬起地球

我很想穿墙而出
我只羡慕天空的辽阔

“可我不是

他们认为的天使，
我不过，只是一个鸟人！”

（2020. 10. 26）

恰好的距离

1

为何四周是海水

2

渴望拥有一所濒海的房子
以为这样，便可以守着波浪
让夏天的台风和海啸持续不断

3

天空
陷于深邃的蓝

航船迷失在
无形的阵中打转

4

摘下眼镜
世界因模糊而分外美好

我们因相隔千里
便是恰好的距离

（2020. 10. 28）

握紧夜色

1

这一夜，通宵未眠
我读完你空间所有日记

夜——仿佛无形的手术刀
一层一层，剥开你的过去

今夜，海
有太多的眼泪
它不想复习你的悲痛

我只想打开双臂
轻轻说一句——来
让我抱抱你

2

这座城市
没有你的父母
没有你心爱的女人
那些喊你兄弟的男人
口音南腔北调

他们喝酒打牌
身上汗味和你一样……

3

夜如此漫长
仿佛永远不会爬上
你咯噔作响的肩头

锯齿般的暑热
任凭夜色握紧光滑的启明星
只有你像个孩子
在放声哭泣

（2020. 10. 28）

记 忆

记忆在消退
如收割过的水稻茬子
在空气中枯萎
在冬天里沉睡

如今春雷点燃的火苗
像草木的灰烬，渗入土壤
让新的记忆，破土而出

（2020. 11. 05）

夜　雨

念及巴山蜀水之间
念及当初彻夜长谈的酒
雨夜一直婆娑不休

我久违的朋友
当鸟鸣晴空，我们都忘了
前一晚说过什么

不如把这酒喝完
继续行走在夜色之外

（2020. 11. 16）

无法预料

我一生都在怀疑
邂逅与狭路相逢的美丽
是否属于同一个概念

或许，火的性质
就这么决定了故事的最终情节

即便擦肩而过
刀剑仍在铮铮鸣响

无论辩生
还是论死
这谁又能预知

只是在水流经的枯竭之地
我的世界荒凉得煞是好看
我的孤单会铿锵于料峭的北风……

(2020. 11. 19)

秋天的思念

多年以后的今天
再次踱步于秋天，天空
仿佛瞬间阴暗下来

所有奇异的经历
恰如我对你飘忽不定的思念

（2020. 11. 22）

冬　眠

当所有寒风之力压迫着我
我仿佛感受到细胞，在我
身体里分裂，重组

你肉眼可见的衰亡
将标我于草木变化之色

就在流水之下，存在
可知鱼的温度，就像蛙在洞里
一味空鸣着梦的宇宙

此刻，唯有雨雁
虚无的振翅与鼓噪
对抗着尖锐的气流

在云上，只有醉者的自在
书写“一”和“人”的虚空

我把自己
深埋在梦的磁场，期待水的神秘
抵达我，催生我

（2020.11.25）

时光的筛子

在风里，秕谷被有序分离
唯大地颗粒饱满，黄金般如水花溅开

时光在分离
流水在沉溺
阳光熠熠在生辉中
砸向我

当簸箕扬谷
所有的生灵都在回应，你脸上的
笑意……

（2020. 12. 01）

往　昔

那时，坐在一起
喝茶的还有谁

陈年普洱的味道
如同老年痴呆的我
总会时不时盯着某件物事发呆
却又搜寻不到相关细节

你，你，还有你
为何眼前的样子
你们在照片里的青春
仿若隔世相望
在我深陷的眼睛里
被盛年的太阳
一点点刺伤

（2020. 12. 04）

一和一

一个一
和另一个一
要怎么组合
才有奇迹

如果一和一交叉
得到的结果是十
它们互相支撑，互相就会
造就不一样的彼此

如果一和一重合
结果仍然是一
也是叹息

如果一加一小于二
彼此各行其道
我会选择让一和一独立

（2020. 12. 05）

发　酵

我们的话题
从来肆无忌惮
冰，烈酒，红炉炭火
空气被烧热
高度白酒已下肚
就是加冰都镇不住

当年在黄河边
我们看滚滚河水
看苍茫云天，看大风起
看黄沙漫天

多年过去
你我早已散淡

如今仰望苍穹时
头顶盘旋的雄鹰，是不是

你派来下约的信使
而我内心似有某种东西
在慢慢发酵

（2020. 12. 06）

那个少女去了哪里

重温某些片段
童年的美好如同那颗
融化在嘴里的巧克力
如今，我腿脚渐显迟缓
任由孩子们咯咯咯笑着飞过我的身边
看年轻的伴侣手挽手走进电影院

只有问路的姑娘
阳光在她脸颊眉间跳跃
恍惚是我以前的样子

那个穿着红色毛衣
那个笑得眉眼弯弯
那个走路踩着风火轮
那个说话仿若连发子弹的少女

又去了哪里

（2020. 12. 09）

鸡　毛

入冬
身处异乡的我，开始忘记
自己的姓氏

这里悬空的镜子
逼视着我。许多倒影往来穿梭
我被推过来搡过去

所有向着静夜的门
对谁敞开着，我徘徊着
不知哪扇门可以进去
不知哪扇门进去后可以出去

月亮卡在建筑物尖顶
仿若闪着诱人光泽的葵花

此刻，空气刺痛

我的每一根神经
我踩着一地鸡毛
驻足，转身

（2020. 12. 10）

蓝又时光

你和生活，只差
一杯咖啡的距离
你可以加糖，加伴侣
也允许你反复回味

灯光幽暗
布鲁斯音乐，流淌缓缓

仿若在深潭里沉入
仿若在云朵上起落

神之手
在一遍又一遍抚摸
雨水淋湿的我

蓝——
在虚幻光影中

隐匿又逃离，许多个
这样的我

（2020. 12. 16）

期　待

如同蛛丝
遇风都能轻轻颤动

譬如孤身在雨中穿梭
头上突然出现一把遮挡风雨的伞
譬如饥寒交迫，有人会
塞给你一个温热的馍

我一定是传说中那个
被拯救之后，怅然若失的人

作为最普通的邻家女子
其实，每一次我都在期待
你能看见我

（2020. 12. 17）

与自我重逢

此刻，周遭是唧唧虫鸣
树下，有久候着你的桂花酿

我并非不在意
这异我的世界，有你我
不在场的千里空隙

为什么酒
在今夜越喝越少
话却越聊越多

直到，彼此眼中出现年少的影子
直到，梦里喊出那些久违的乳名

（2020.12.23）

写在岁末

我在路上
远方，也在路上

许多人死去
许多人努力活着

许多人
在沙漏里，迅速
被后一波沙子覆盖

（2020. 12. 31）

醉 酒

你醉酒的样子真丑
风走直线，你走弧步

打不开的森森铁门
在西溪山庄，有着相似的结构
哦，这要命的记忆

大街上
流浪的猫流浪的狗
蜷缩在须发杂乱的乞丐身边

当夜大雪
你就像做了一个梦
一夜从黑发走到暮年

（2021. 01. 21）

立　春

无论顺着人流
抑或逆着行走，春天
一样挨挨挤挤

我只能将身上
重量减了又减
竭力直起脖颈
从人群里争夺阳光

这一天，万物复苏
我的额头长出了第三只眼睛

（2021.02.03）

某个节日

假装读不懂背后的潜台词
也始终不愿打开那个微信红包

鲜花让不惑的容颜黯然
巧克力也只适合年轻的味蕾
我打开朋友圈，看满世界
晒出来的幸福

茶几上
那盆铃兰开得真好
细水长流的日子

铃兰赋予我的
只是几句隐晦词

（2021. 02. 14）

夜的大提琴

那天晚上，你醺然睡去
把头埋进被子
蜷缩着身体，宛如藏进
母亲的子宫

在梦里
你可以抓住
你想要的东西

在梦里
你可以说一些
人前不敢说的话语

月光拉响的大提琴
贵在有低音，可以轻抚你
眉间的星字纹

（2021. 03. 01）

和　解

河畔
广玉兰怒放
叶子在一树繁华之后到来
不争不抢

灯在拂晓之前
收起光芒
等待太阳的温暖

你垂下眼帘
用沉默与世界和解

（2021. 03. 03）

因　果

他们交叉穿梭，从未冲撞
也从不互相干涉

所谓规则。是的
就譬如流水绕开阻挡的岩石
譬如秋日替换夏季

譬如因果
让那条贪吃的鱼儿，终究沦为
餐桌上的一道菜

（2021. 03. 30）

断　电

在茫茫人海中
我们太简单的心
或许靠得太近
近到可以互相看见
彼此脸上的淡淡雀斑

譬如今天的
你，是一只母兽
好像时刻要将我撕碎
你爱的反作用力如此汹涌
我仿佛是被你带来的
西伯利亚寒流遣返的冰

有时，我会念及
你给我做的每一餐美味
有时，你是我掌心涌动的温暖

就像深夜断电后
点燃的那支蜡烛
火光会在风里忽明忽暗
我们会一直守着它
直到彼此无言

（2021. 03. 31）

狭　路

她停下……

我们就这么盯着彼此
空气停止流动
良久，我朝前迈步
她也突然挪动了身子

结果？
结果……

（2021. 04. 18）

强迫症

我已习惯性忽略
那几个蜷曲的身影

我不自觉
推开窗伸出手
试图替他们
擦拭脸上污秽的痕迹

这引发了我
无法遮掩的强迫症

（2021. 05. 12）

收　割

你眼中凌厉的豹子
在我的洞穴里
是一只温柔的猫

当蚊子在黑暗中嗡嗡盘旋
我开始练习奔跑，直到日出之前
直至太阳躲到山后

在梦里
那个叫“永夜”
的孩子

是因着什么
从未停止收割
这个世界的生命

（2021. 05. 19）

天空之镜

从未看到过两个自己
一样的外形，一样的姿势

这妖一般的镜子
把我分离成两个真实的存在
这肉眼可见的皮囊
处处拿捏着现实的分寸

他们看不见的那个
裸露自我，在三界任性穿越

（2021.05.20）

许愿墙

愿一串木笺，两串木笺
串起一颗颗心在风中摇曳

愿姐姐和大熊白首偕老
愿爷爷奶奶爸爸妈妈健康长寿
愿我的后半生平安幸福
愿外甥女金榜题名

愿木笺在暖阳里能击掌歌唱
愿你稚嫩童音，有娇媚女声清脆
愿你沙哑的呼唤，有远山浑厚的回响

愿这篱笆的竹墙
有无比厚重之轻

（2021. 5. 22）

漂流瓶

我把一些事，写在
吉捕岙沙滩上，期待它们
被潮水一浪一浪带走

这半生之中
伤我的，疼我的
就在海天尽头

而你
是否就是我的
那只鸥鸟
恰好拾起那只漂流瓶

（2021. 06. 02）

一杯水

三年前，一杯水
你说它救了你的命
你每天喝每天喝
直至今日再喝，你觉得它
寡淡无味

那时，桃花煞是灼灼
清明烟雨，掩盖了
你对已故父亲的哀伤情绪

此刻，这棵桃树
盛大的绿已取代天空的红
落下透明的眼泪

（2021. 06. 03）

河豚青梅酒

河水暴涨之时
我该如何烹这锅河豚
这传说中，肥美的天赐之物——

请别跟我说
鲍鱼海参帝王蟹
也休跟我提山珍野味

一坛陈年梅子酒
一群穿开裆裤走到如今的老友

在今天，还有多少
是可以一起出生入死的
此刻，愿我们为锅中的河豚
毫不犹豫举起筷子

（2021. 06. 06）

七秒钟记忆

这条只有
七秒钟记忆的鱼
在鱼缸里
撞击着玻璃

她的泪溶入水里
慢慢模糊她的视线
这渐行渐远的距离
七秒钟的记忆
是爱的诀别

（2021.06.08）

塞　壬

你的眼睛借了天空神秘之蓝
你的肌肤是流泻的月光白
你的嘴唇染了罂粟的红
你的腰肢如蛇一般柔软
你的笑容是酿了千年的酒
你的声音是七彩的翅膀扑向海员

哦，塞壬
我在你酒窝里酿我的毒
我眼里盛开的鲜花奔向你
心也不由自主深深陷入
我被绑在白色桅杆之上
耳聋的水手
驾着航船在怒涛中穿越
墨西拿海峡在视线里远去

哦，塞壬

你海中的花，我花中的海
是奥德修斯心底
永远扎根的刺

（2021. 07. 07）

致青春

二十八年后的今天
梅姐和荣哥绽放成异世界的烟花
霜雪在慕先生周先生头上落下
伉俪（康丽）依旧情深

那时，我们读三毛席慕容
那时，我们聊古龙金庸
那时，我们追艳芳曼玉润发国荣
那时，我们玩台球看录像

几个伙伴数次进出围城
始终不想放弃追寻幸福与梦想

此刻
我们的慕先生
我们的周先生
我们的“水桶”们，以及

我们的伉俪（康丽）

该选择什么样的故事
相聚，下酒

（2021.07.25）

注：康丽，是一对从校园走入婚姻殿堂的恋人，名字中分别含有“康”和“丽”。慕先生和周先生，分别是前任和后任语文老师。水桶，是一位高人气同学的绰号。

七　夕

就在今天
我们幻想的倾城之恋
不惜给一个普通的日子贴上标签

是的，给它巧克力的色
装饰九百九十九朵红玫瑰

就在这尘世间
我们与浮华与清简共生
与喧嚣与空寂同在

无论我们爱与不爱
都有看不破的红尘

这浩瀚的情海
等你我背过身去，就是一声
轻轻叹息

（2021. 08. 14）

延　展

静谧的风
一直不懂，这周游四海
漂泊无根的云

我依然庆幸
仍有雨水的回声，轻轻掩盖
曼陀罗带来的幻境

这一路，不断更换身影
如同被岁月加持的脊背
默默对抗地心引力

这脚步，有要去丈量的距离
有随着目光延展到远方的地平线

（2021.08.26）

误　入

这一片盛大的舞池
越是疯狂，陷得越深沉

重山已过重山
灵魂负重的这恍惚人间
何需适合你的空灵

我抓紧你
如同抓紧
那根水中草

没错，就是
这高跟鞋，误入了
此岸的泥沼

（2021. 09. 07）

各自为安

从没想过
我和一墙之外的花草
其实是，隔了一个世界

我的院落寂静
墙外杜鹃的叫声
在耳际徘徊
三月的风，是春的邮差

这么多年
从没想过推门外出
也许，我和这个世界
一直各自为安

（2021. 10. 17）

赶　路

登山者，始终在抵抗
地心引力
而鞋里的沙石，也无时不刻
在磨砺脚掌

白天，我依赖植物的长势
夜晚，我燃起篝火，驱散
攫紧我的阴冷
无数根木头，仿佛
漫无边际的黑夜

我以露水解渴
我以野果充饥，同时把果核
带到另一个地方
我与途中遇见的野狗为友
并梳理它们的鬃毛

在独狼出现时

我盯着太阳的方向赶路

就在星月隐匿之夜

（2021.11.17）

围　观

至今，围观者
还是那些围观者

他们伸长的脖子
如同一群鸭子，被无形的手
提着他们轻轻的头

（2021. 11. 18）

隐 痛

那些无法言说的部分
如一根根隐形钢针
扎在肉里心里

我们曾经耗尽气力去修补的
各种裂缝
最终还是由时光
慢慢黏合
每逢阴雨，它们依然苏醒
并隐隐作痛

（2021.11.21）

小　雪

想起冷风中，搓手等待
某个人来
这场独自看过的老电影
今晚，我只想
有人陪

风裹紧我……

当我听到他
第一千零一次说
“我爱你”

此刻，雪
便簌簌落了下来

（2021. 11. 22）

独　行

有些花尚未盛开
花期便已过去

有些故事没来得及书写
结局便提前预设

诸神沉默
风刀霜剑里
我始终觉得衣衫单薄

寒夜独行
我点燃烛火
一边取暖
一边照明

（2022. 01. 25）

重　围

她的手指纤细
她的冬天在沉睡
她在十九楼楼顶跳舞
她用腹语呼唤另一个黎明

群山悲喜
潮涨又落下
在一呼一吸之间
宇宙磁场，是她的南北极

许多失联的东与西
在黑夜中召唤她的精灵归来

寒冰在抱紧她
蓝一样的铁，在防御
她森严的执念

我在圈外
我在梦的外缘
看她用残忍的冷
破我的局

（2022. 01. 28）

盲 盒

汛期将至
溪谷两岸，花草
唯恐恩宠过度而不安

春，在降临
她将在雷声惊醒大地之后
吱呀一声打开
盲盒

（2022. 01. 30）

所　幸

万物败落之后
谁还能感受雪线之下的温度
所幸
你我他还能跨越时空连线

一生的旅程早已过半，所幸
我还能找到一把钥匙
开启另一个世界

感谢风带来的种子
感谢沿途遇见的每一个人
感谢时光的虚无痕迹
感谢一切让人惊惧与悲怆的子弹

这开春的第一场雨
叩问着我身体的每一个关节

所幸
在我拉开窗帘时
我遇见了我

（2022. 02. 02）

纵　横

越过子夜零点
重生的我与昨天告别

我看到自己眼睛里的蓝
我望见满头长发在柳树上飘舞
我感受指尖上停留的飞鸟心跳

我给嘴唇染上梅花红桃花粉
我抓起一把春风揣进怀里
我用目光划开水波里的倒影

任由河流
纵横千山万壑

（2022. 02. 03）

尖　锐

一张白纸划破手指
难以想象如此轻薄之物
会让我血流不止

此刻，电话挂断
嘟嘟嘟的忙音持续
不停撞击耳膜和大脑

这尖锐，这锋利
就像生活中每一次意外

（2022. 02. 09）

同　类

等待救赎的骆驼走在途中
梦是一张巨大狰狞的网

窗外，雨持续不断
深陷其中，我只用沉默抵抗

低首凝视双手
昨天，它们曾杀过一条鱼

仿佛我的同类
都在等待夜的洗礼

（2022. 02. 10）

中年叛逆

在他身上，那条绳索
人们称之为规矩
他的手掌摸向肋骨
那里，曾经存在过张开的羽翼

他无数次看野外求生节目
看里面的探险者辗转起伏
第一千零一次幻想出逃
而城池始终门禁森严

荒芜的世界
长出铁一般坚硬的渴望
他在寻找一种叫“光”的生物
它将带他跨越时空

无　非

此刻的热点
口水与口水混合交织
隔屏的硝烟，茶点与咖啡

突然，话题转到购置的新居
再转到即将来临的升迁
他们眉飞色舞，唾沫横飞

仿佛生活就是一场戏剧
一喊“Action”就开机
一喊“咔”就休止

（2022. 03. 12）

罔　顾

假如人间有一百种笑
我会不会赤身裸体
在人群的笑声中穿行

缭乱迷人的春啊
我只接受
难得可数的几种花开
不需要夸张
不需要刻意
不需要靠近

假如风是一把
凌迟生活的薄刃
那满地落英和散落的花魂
如何在偏见、嫉妒中
猜忌一朵云

哦，又是谁
将这春天的衣衫
在风的眼中化为灰烬

（2022.04.09）

天　国

一生中，有多少钉子
扎进肉里，又有多少臭虫
在噬咬渐渐溃烂的皮囊

我想转身，回到那个起点
重新走这一段迷途。这里
没有雾气沉沉的密林
没有兔子
没有车祸
没有爆炸与煎熬灵魂

站在暗不见底的深渊前
天国很远也很近

（2022. 04. 13）

泅　渡

有时，面前会突然拱起一座高山
类似心情下沉的曲率
泅渡，在这黑暗的旋涡
我该如何抵达我的梦境

江河两岸
苍鹭与白鹭起落于水汀
流水以汩汩之声应和

我的舟舵已失修多年
以手作桨，水流冰冷
往事，从身边穿梭而过

（2022. 04. 14）

迷　途

烈火之上走钢丝
每一步都如此惊心动魄

以策略对抗阴谋
用蛇去瓦解钢铁力量
城堡森严
谁用歌声推倒围墙

隐匿于平静之下
汹涌暗流侵入每一个细胞
迷途尽头，另一个世界
正揭开神秘面纱

（2022. 05. 08）

无尽夏

赶赴一场花期
仿佛复现一段消失的时光

夏，是我的漫天星光
如同你眼中的璀璨夜空
像玻璃一般不曾被岁月揉皱
而你应该不减当年模样

那时你的弯眉
应有芦苇的含羞
天空的涟漪

当我喊你“阿夏”时
绵延不休的夏空
便会下起无尽花雨

注：无尽夏，一种绣球的名字。

（2022. 05. 24）

那首歌依然吟唱

翻开一本书
这个故事像极我们的经历
靠着沙发
仿佛你就在我身旁

在小树林信步
假装你挽着我的手
挽着漫长时光

昨天路过音响店
那里恰好播放，你为我写的那首歌
彼时，你还只是一个
吃了上顿没下顿的街头艺人

如今我时常仰望夜空
寻找一颗向我眨眼的星星
我想那一定是你

就在另一个世界

此刻，天空突然下起雨
那把伞，却再也没人替我撑起

（2022. 05. 27）

奔　跑

或许因为我吃下的是那只
不小心撞断脖子的兔子
许多时候，我都跌跌撞撞行路

总是不断有类似农夫的人
在伺机等待我松懈并出错
而我是那么着急奔跑
——我必须快速奔跑，不停奔跑

我的后面，是一群猛兽
前面树下，是始终等着的那个农夫

（2022. 06. 09）

告　别

想着她
转眼成空的美
便抑制不住悲伤

那些青春风华
那朵尚在燃烧的烛火
那个不愿推想的故事结尾

到了说告别的时候
我背过身去，默默拭去
眼中的泪

（2022.06.13）

等　待

右手无名指
那曾经被玻璃割伤的部分
至今，血依旧浸湿某段记忆
左手掌心的余温
已被七月的蝉鸣覆盖

凭栏处，潮水退去
春暖不再。海床裸露的滩涂上
寄居蟹背负沉重的房子爬行
躁动的光影，突变的风向
都能让它缩进壳里

极目处，辽远广阔
或许我在等待明天新一轮红日
或许我在等待另一个半球的帆影

而此刻，风仿佛在拼命
燃烧我的长发

（2022. 07. 25）

破　壳

寻求一种物质
能够让我燃烧得更为彻底
歌舞，奔跑，攀缘，升空
抑或潜水，静默

北纬 23.5 度
阳光以微粒侵入肌肤
头顶狭窄的一线天空
脚底是悬浮的光影

我需要抉择
断臂还是放弃生命

死神的狞笑穿透空气
血液流速为零
127 小时，仿佛一生的时间
我反复煎熬自己

直到后背撕裂

第二个我破壳而出

（2022.07.23）

石榴红了

在窗户后张望的是谁
让白云舍不得流浪

窗前那棵树，悬着的
那些红透的脸蛋被鸟儿亲了又亲
她们露出红红白白的牙齿
看得人好欢喜

雨落下的时候
我还走在去往远方的路上
想起和你一起剥石榴吃的情景
红红的汁液，就溢了出来
如同你红唇漾开的笑意

（2022. 08. 07）

治　愈

如果掬一捧水
便能尝尽尘世冷暖
我愿意用这种方式
快速体验人间

袅袅炊烟让我心暖
周遭的鸡鸣犬吠让我心安
这里，草木和泥土的气息
比药更能治愈我的心

靠思念续命的日子
衣衫比时光消瘦得更快
你明晃晃的笑容在灼伤我的眼
你洗手做羹汤的样子，却如此安然

而此刻，没有任何画面
比一轮圆月更能入心

哪怕你我
远隔重山

（2022. 09. 10）

33 朵玫瑰

猝不及防被 33 朵玫瑰拥抱
预想中的电流并未经过身体
她只是礼节性地说了一句“谢谢”

浪漫邂逅中年
仿佛墨镜垂青阴天
脱下水晶鞋，她还是灰姑娘

她尝试从白开水里品出酒味
假如能够满饮平淡而醉
那该有多么幸运

她将这些玫瑰一一插入瓶中
欣赏她们欲滴的娇艳
又日日看她们渐渐枯萎

（2022. 10. 03）

变形记

离群索居
告别有声有色的人间烟火
长发落下的那一刻
诸事尘埃落定

循着山野溪流
寻找一块会唱歌的石头
重返结绳记事的日子

或许我需要一壶酒
需要松涛、泉声与虫鸣
拾起林隙中漏下的光阴

而我似乎看见
一把无形的剪刀，总是
将万物任意裁剪
无论白昼还是黑夜

（2022. 10. 03）

陷　阱

如果雪能将一切掩藏
我会在黎明日出之前启程
登上山顶
一览干净的世界

善良是一根稻草
衡量着，每一个念头的重量

我们在庸庸碌碌中喘息
竭力寻找五斗米之外的食粮
我们彼此依靠，如同水在水中枯竭

阴谋，阳谋，谎言，糖衣
我们一杯一杯含笑饮下
又一步一步清醒走向
命运的陷阱

（2022. 10. 20）

临　界

那个梦始终不肯醒
哪怕我一直睁着眼睛

看到的每个人都有一张面具
一秒钟换一张脸
但背景里没有川剧的鼓点

我们隔着时空
隔着汹涌的人潮
隔着透明的阳光和无形的磁场

风起时，我站在山巅
一个声音从谷底传来
将我一点一点拽下

无论星河
磐石或者千日草

都在量子世界里

不断纠缠
叠加，追击，逃逸

（2022. 10. 23）

向阳飞渡——写在除夕

零点，钟声埋葬了不堪的阴暗
钟声也敲碎蛋壳，新的生命已经萌芽
往事翻篇，我将把时间留给当下和未来
供我对照、比较、借鉴、警醒

过尽千帆，排排巨浪我已不再畏惧
而风和日丽的恬静港湾，是我渴望的栖息地
汹涌人潮，我费尽全力泅渡
此岸到彼岸，我已历经 N 次

身体被火焰烘烤三天三夜
所有神经被鞭打千千万万次

昏睡，醒来
再度沉入黑暗，再度睁眼
凤凰涅槃，脱胎重生
面向东南，我向阳飞渡

（2023. 01. 21）

冷　静

踩着蒺藜一路狂奔
身后是不敢下脚的追随者
我从未有过胜利的骄傲
此刻，我只是一个站在山巅的孤独者

仰首是走遍八方的流云
流云之上又是蓝天
蓝天之外还是广袤苍穹

其实，我轻易就败给了岁月
比如他可以在暮秋给我染上白霜
比如他在我眼睛里蒙上雾气

更多时，我会沉淀可怕的冷静
抵御周围愈来愈强的喧嚣
以及，扑向我的刺心风刀

（2023. 01. 25）

以某种名义

于是大家开始相信耳朵
开始用嘴巴给那些传说添上色彩
以道德的名义，搅浑水的清澈

此刻，一盆水，便是净
一手握住黑时，翻过来便是白
即便我们假装看不见
内心的隐忍意义，正在
无端承受抽打在
身上的皮鞭

我们抬头，鞭打的力度会退缩
我们起身，鞭影在空中会停滞
我们逼近，挥鞭者会向后退去

当我们手中的皮鞭收起
自以为一切已经过去，他们

将以和平的名义起誓
催迫我们安然入眠

而这陷入永恒的沉睡
一遍遍上演着

（2023. 01. 26）

只为解开你

又见去年元夜
那道窈窕背影

我揭晓一页又一页灯谜
你眼中的惊喜如星星耀眼

你问我——
有没有谜团难得住你
我想说——
你就是那个最难猜的谜

如果可以
我愿意耗尽一生
只为解开，花灯
丛中的你

（2023. 02. 05）

消失的人

——写在情人节

多年前
六月的一场冰雹
你我狼狈地躲在同一个屋檐下
谈论这南国异象

一起走过很长的路
一致的步履，紧挨着彼此

哪怕路面失修
哪怕闭着眼睛

但我
再也没有遇见奇迹
你就像冰雹
在空气中渐渐融化

（2023. 02. 14）

固　执

——写在情人节

那个电话号码
已沉寂多年
而煮酒神聊的往昔
至今时时沸腾

我以为岁月会改变，但
卡布奇诺还是喝不出茶的味道

就像在茶中
我早已喝不出
我想要的玫瑰

（2023. 02. 14）

这个春天

春天似乎不适合谈论严肃的话题
而你我依然用唇枪模拟一场舌尖上的战事
宏大的规模容纳了夏季的台风与洪水
以及冬天的寒流和暴风雪

愈加沉重的年纪
已经不允许我丈量
山川河流的高远
如今我只用它估测
人心的深度

闪电试图划开我枯槁的躯体
却时常被我硬度刚刚好的骨头抵消

我不时吞下
这世间难以嚼烂的东西
逼迫自己努力消化

（2023. 02. 15）

听 风

雨水从指尖滴下
我们只能眼睁睁看着它
落下，溅起，粉碎
却丝毫无能为力

在竹林
我只想安静听风
这里千百个精灵隐匿其中
它们在嬉笑怒骂
它们也在呜咽或哀鸣

现在，谁愿意与我喝茶闲聊
说一说，红薯的扦插艺术
聊一聊，一场适宜的降雨
或者一起听一支
来自天堂的神曲

此刻，只有恰到好处的温暖
可以安抚我们神一般的梦境

如今，我们
只能在纸上画饼
让一张嘴巴，对另一张嘴巴
许下美好的谎言

（2023. 02. 15）

崇国寺

晋朝的阳光拂过古旧瓦片
几盛几衰的青苔记录着光阴更迭

闽僧渡过的沧海
轮回成插竹为记的普光寺
螭吻远眺，山外山
是桃杏，是桑麻，是炊烟车马

一千七百年左右车轮碾过的痕迹
是历史书上斑驳的掌纹
几经磨难，几度明灭
寺中香火，又有几次
在为自己渡劫

唯废墟与残垣不懂嗔怒
唯风雨依稀还记得那些手掌的颜色

（2023. 04. 05）

觉　醒

如同那部电影里的场景
那晚，我们在情侣座上相拥
把别人的故事经历一遍

我们期待生活
是一幕喜剧，可以有
欢喜的结局

可我们只是小人物
是两个自尊又执拗的生命本体
比如此刻你说话的样子
一滴一滴，艰涩断续

当你收拾行囊远行
我宁愿置身梦里
不知觉醒

（2023. 04. 30）

画　皮

如果我足够粗鲁
我一定会撸起袖子
但最终，我还是安然静坐

我用沉默抵抗
用忍耐包容，直至你
把字典里与真善美无关的言辞
全部用尽，并且推陈出新
源源不断创造出
旷世未闻的新词汇

当敲门声响起
你揉了揉两颊——我的天
转身之间，出现在别人面前的
是一张妩媚温柔的脸

就像我一直以为这世上女人

都必定善良而温婉

直到遇见你

（2023. 05. 01）

续　杯

楝树花香气弥散
一寸一寸钻进潮湿的空气
令我想起之前极有礼貌的告别词
一如庖丁解牛般精巧

确实，在雨夜
煮茶，最是恰当不过的了
一边听雨声滴答
一边煮那些不愉快的往事……

只是这壶茶我喝了很久
从黄昏到夜半，只有面前的鹧鸪盏
始终，没有续杯

（2023. 05. 03）

鹧鸪盏

如今
面前的茶水
我始终不敢去饮

如此完美的工艺
一直令我怀疑

而这仅仅只是一个杯具啊
如同它只会为自己的身价抱屈

（2023. 05. 03）

钉 子

一出生，就注定
被敲打的命运

而我天生就拥有坚硬的骨头
可最终还是成了别人的附庸

如同钉子一旦
被敲打成钉子的意义

我必须忘记什么叫独立
并把自己深深扎进
别人的身体

(2023.05.04)

故　乡

多年以后
她在等你，回到
她的怀抱

却发现
你在她的眼里
不过是一个外乡人

（2023. 05. 06）

海　螺

你身体里
藏着一片海域

有时，风平浪静
有时，惊涛汹涌

当我把耳朵贴近你
便可听到你的歌声
或者，你的呜咽

那些你不想说出的故事
你只讲给愿意倾听的人听

（2023. 05. 23）

附　录

MU　XU　HUA　KAI

女儿陈昱达的幼年童诗

晚　餐

一只老鼠找到一块奶酪，
他扑上去啃咬。
呀，他被粘住了！

又一只老鼠发现了这块奶酪，
也扑上去啃咬。
哦，他也被粘住了！

一只觅食的猫经过，
看到了这两只老鼠和奶酪。
——“哇，我的晚餐有了！”

（于 2018 年 12 月 28 日 9 岁时）

蚂蚁的宴会

我看见一树叶子
青绿青绿
我还看见
可爱的红樱桃
挂满了枝丫

叶上有几只蚂蚁
在进行宴会
一边品尝美味的浆果
一边欣赏
蝴蝶的舞蹈

（于 2017 年 4 月 29 日 8 岁时）

风是什么

风是什么
我问妈妈
妈妈答不上来
忽然
风灌进妈妈的衣服里
衣服胀得鼓鼓的
哦，我知道了
风原来是个胖子

（于 2018 年 5 月 16 日 9 岁时）

色　狼

如果风是一种动物
它是不是一匹色狼呢
我的裙子被它撩起来了

（于2019年7月20日10岁时）

童心未泯

老师折了一个小星星
大人不会
只有孩子会
原来老师也是个孩子

（于 2019 年 7 月 20 日 10 岁时）

千里眼顺风耳

妈妈的眼睛是千里眼
能看到看透所有东西
——“嗯？多多这道题错了！”

妈妈的耳朵是顺风耳
能听见一切声音
——“嗯？多多你在说我的衣服难看吗？”

（于 2019 年 1 月 1 日 10 岁时）

饱　了

1

别再叫我吃好吗
我不会欺骗肚子的
食物已经顶到嗓子眼了

2

我问妈妈：饱了吗
妈妈说：饱了
一边拿过我的剩饭开始扒拉

（于 2020 年 8 月 1 日 11 岁时）

爱是什么

爱是什么
爱是给下班的父母送上一杯热水
让他们消除一天劳动的疲惫

爱是什么
爱是向有困难的同学伸出援手
让他们感受互帮互助的友爱

爱是什么
爱是在公交车上给老人让座
让他们舒舒服服地坐定

爱是什么
爱是给流浪的动物找个家
让他们安安心心地感受温暖

（于 2018 年 8 月 1 日 9 岁时）

北　风

北风呼呼地咆哮着
它拍打树梢
树梢前仰后合
它扫荡小河
河面就结了冰
它灌进树洞
过冬的松鼠、小鸟瑟瑟发抖
它卷起雪花
雪花翩翩起舞
它经过我们的耳朵
想跟我们说悄悄话
但我们却冷得捂紧耳朵
连一句也听不到

（于 2017 年 12 月 17 日 8 岁时）

清　风

清风吹过叶子
叶子沙沙歌唱
清风吹起气球
气球慢慢上升
清风翻动白纸
白纸飘了起来
好像一只只白鸽
清风拂过头发
长发就像垂柳飘舞
又像翻飞的黑蝴蝶
清风带着白云
在天空四处旅行

（于 2016 年 11 月 11 日 7 岁时）

樱　桃

植树节
妈妈给我买了一棵樱桃树
我们开心地种下

过了一星期
嫩嫩的叶子探出了头
又过了几天
叶子渐渐茂密
枝丫上开出了几朵
雪白的小花
又过了一些日子
樱桃树结出了
绿色的小果子
再过几天
樱桃变成了红色
啊，那真是又红又甜的樱桃

但是哦，有一天早晨
我发现果子没了
贪吃的小鸟偷吃了
妈妈说——
让它们吃吧
我们想吃可以买
但是小鸟没有钱

（于2017年4月20日8岁时）

幻想中的一天

我想要
一个夏天的黎明
能让我像躺在
春天的草地一样的大床上
享受着早晨
大自然凉凉的空调

然后，飘来一片
黑黑的乌云
那样我就可以带上
我喜欢的长柄花伞
高高兴兴地上学
然后，把雨伞放在教室
最显眼的地方

接下来
便是一个儿童节的上午

我们快快乐乐地闲逛
采购自己喜欢的东西
而下午却不上学
我们还可以继续尽情地玩

中午和整个下午
我们想过一个
最好的美食节
这样，我们就可以
在热热闹闹的节日里
当个吃货
并且，花钱花得理所当然

我希望有一个秋天的黄昏
这样，我就可以拿张摇椅
躺坐在阳台上
一边看夜空
一边数星星
让微风吹拂我的身心

到半夜
我想要一个白雪皑皑的冬天
那么，我就可以
把全小区的小朋友召集过来

希望大人允许
小孩可以今夜不眠
和我一起
堆雪人，打雪仗
谈谈有趣的幻想的明天……

（于 2018 年 6 月 10 日 9 岁时）

太阳和影子

太阳像一面照妖镜
照一照，影子就出来了
太阳一回家
影子就和她躲猫猫
我们撑着伞出门
影子在伞下乘凉
影子很调皮
喜欢和手指玩游戏
在阳光下
他一会儿变成蜗牛
一会儿变成小狗
哈哈，太阳和影子
他们可真有趣

（于 2018 年 7 月 1 日 9 岁时）

调皮的云朵

小云朵
真调皮
天空妈妈管不住
一会儿变成大恐龙
一会儿变成大怪鸟
一会儿穿上白纱裙
一会儿穿上黑棉袄
一会儿哭
一会儿笑
一会儿跑到天边找不到

（于 2018 年 7 月 1 日 9 岁时）

素　养

本来我挺喜欢狗
今天踩到一堆狗屎
对狗的好感突然直线下降
——这只狗真没素养
随地大小便

（于 2019 年 8 月 14 日 10 岁时）

道　谢

一群苍蝇停在马粪上
享受美味午餐
我悄悄绕过，生怕打扰
它们却尾随而来
嗡嗡嗡地说着“谢谢”

（于 2019 年 8 月 14 日 10 岁时）

配　合

墙壁上贴着“禁止吸烟”
叔叔在抽烟
妈妈咳嗽了几声
我也配合着干咳了几声

（于 2020 年 8 月 13 日 11 岁时）

看看就好

试卷上出现《生僻字》的歌词
同学们兴奋得准备开始唱
老师干咳一声说：看看就好

（于 2020 年 8 月 15 日 11 岁时）

后 记

李虹长于戏剧性的陡峭叙述与对平凡生活的哲理挖掘——她游走于家庭和社会的各种小场景之中，在里面寻找某种不易察觉的荒谬与疼痛，她有时甚至以小说的笔法，勾勒情节，描绘细节，从而呈现普通人人生的复杂滋味。她的诗是扎实的，也是空灵的，是微小个体的切片，也是这个时代集体的某些面目。我以为李虹已经修炼出了一种以小放大的语言魔术。

——《诗潮》杂志主编　刘川

诗人李虹的诗歌叙事自然、生动，由叙事而转抒情的部分更是自然而然，读来令人熨帖舒适。她不过于激烈，情感表达也不偏狭。那些来自日常生活的动人瞬间，被诗人稳稳地抓住了，或追忆回望，或呈现当下，诗人李虹总能让诗歌情景交融，而又毫不刻意，毫不矫饰。这是优秀诗歌应该有的样子。

——中国诗歌网副总编　蓝野

诗令人着迷的原因首先是情感中的生活。李虹给我看了她的诗，言辞间不乏有些小心翼翼，或许担心缺乏很多诗歌专家要求的那种“质感”。我在上下班的路上，读了这些诗。与我途经的大街小巷、车水马龙一样，这些都是普通人的常情，不经雕饰，却句句走心。它们像早餐包子铺里新出锅的一笼，很生活，又很纯粹，朦胧是它的蒸汽，味道是它的皮馅。我想，这才是诗歌应该具备的基底质感，没有这个基底，质感本不要谈。

——诗人十耘

诗人李虹的诗集《苜蓿花开》是一部浸润浓郁烟火气，有着明亮生活气息，又饱含诗人个性化审美体验的佳作。李虹记录的基本都是日常生活和自然万象，白描中不失理趣，叙事中不乏清澈，抒情中从不矫揉造作，诗人对生命的觉察是感性的，也甘愿俯身耐心倾听生活内部的声音。在字里行间其实我们随处可见一位“若有所思”的可爱又冷静的女诗人，真诚、果敢而率真地面对生活。诗歌是她的另外一种精神生活，也是让诗人沦为更加彻底的理想主义的思想高地。或许李虹的作品也稍微显露出诗人语言青涩、思想趋于浅直的侧面，但我们有理由去相信，一位真诚纯粹的诗人，她需要的是生活的包容、善意和真正的懂得，以及更多成长的时间和空间。路虽远，行则至，希望未来可以读到诗人更多的佳作。

——陕西西安，诗人陈啊妮

近年来我很少读诗了。刻意回避诗，这几乎是我翻读文学杂志或刷微信朋友圈时的一种自我保护。所以，李虹的诗，记忆中读过的也是少数几首。这一次，我集中读了一些，觉得她的诗大多简单朴素，同时又是率真、干脆利落的，甚至是犀利的。诗贵真，一个“真”字，眼下的诗坛就已经很少有人能够做到了。诗如果不“真”，那为何要写呢？我不知道。在假诗横行的时代，李虹能够写“真”的诗，这就挺好了。

——浙江台州，诗人 & 小说家杨邪

李虹的这些诗，集中起来，有统一的诗性脉络和情感贯穿。通过切片式的对话和描述，让在场感在戏剧性的转折里层层呈现。包括她的抒情，不是犹豫的、软弱的，或者自艾自怜，而是由内在的生活经验和思考所构建。这也让李虹的诗歌和她的人统一在一起。能做到“诗之中有人”，这是一个优秀诗写者的表现之一。李虹的诗歌之路还很长远，我从中看到了她内在源源不断的创作驱动力和渴望对汉语言诗性空间的深度挖掘。只要沉潜下来，不急不躁，假以时日，必更有所成。

——浙江台州，诗人藏马

读李虹的诗，像被请入一场家宴，少有高蹈虚设的宏大叙事，也少浓油酱赤的炫技匠艺，皆是一花一世界的生活琐事，一时一刻掰开揉碎的所思所想。她在朴素的生活中忙碌着，观察着，思考着，皆归拢为笔下素材。有的清蒸，鲜爽可口，比如《他》，一个对熟悉或陌生人皆说“好的”、循规蹈矩的林刚，压抑自己，勉强自己，可是老好人的归宿却是“无人”，全诗只有白描，只是呈现，世事百态，令人唏嘘。有的煎炸，面目焦黄，比如《溺水实验》，“我”假装溺水的过程，也是人性的悲悯在看客心态中消解的过程，水面恢复了平静，但黑色幽默留下的涟漪久久不散。

——浙江台州，诗人西西